Luana Reginato

Evan

Titolo | Evan
Autore | Luana Reginato
ISBN | 978-88-31641-48-7

Youcanprint
Via Marco Biagi 6 - 73100 Lecce
www.youcanprint.it
info@youcanprint.it

1.

Ogni giorno ormai era uguale per Rose: sveglia presto, colazione, decidere come vestirsi e scappare per arrivare in tempo al lavoro sempre che non ci fosse qualche sciopero di metro o taxi che la facesse arrivare in ritardo.

Impiegata presso una galleria d'arte trascorreva più tempo lì che a casa o in famiglia, non aveva nemmeno il tempo per dedicarsi ad un'attività sportiva, anche se le sarebbe piaciuto ... ogni volta che si riprometteva di fare qualcosa (qualunque cosa bastava che non si trattasse di palestra, la solita banale e noiosa palestra) accadeva un imprevisto che la portava a rimandare i suoi piani .... Ed intanto passava il tempo.

In Texas invece, sua casa natale, bastava andare in un locale per bersi una birra e trascorrere la serata con i balli di gruppo, molto coinvolgenti!

Certo era ancora giovane nelle sue 27 primavere e si poteva ancora permettere di mangiare qualche schifezza fuori pasto, di non fare ginnastica o corsa leggera come la sua amica Patricia ma era consapevole che la sua vita non poteva ruotare solo ed esclusivamente attorno alla sua carriera.

Doveva fare qualcosa, assolutamente! A costo di iscriversi ad un corso di cucito!

Sua madre, Bianca, la rimproverava spesso di non riuscire a vederla più spesso come un tempo ed essendo figlia unica questo amplificava un po' le cose. Da quando si era trasferita definitivamente a New York erano già trascorsi 6 mesi e la mole di lavoro non le permetteva certo di pianificare un rientro a Forth Worth tanto presto.

Driiinnn... si parla del diavolo e.... «Ciao mamma! Come stai?»

«Ciao Rosy, io sto bene tesoro e tu? Scommetto che sei appena rientrata a casa... quando ti prenderai un giorno di ferie?»

«Mamma, lo sai che il mio lavoro mi tiene parecchio occupata ma non preoccuparti sto bene.»

«Dici sempre così. Sono tua madre, sento dalla tua voce che sei stanca, devi riposare un po'. Perché questo weekend non vieni a trovarci così stacchi un po' la spina?»

«Mamma, sai che verrei volentieri ma sto cercando di organizzare una mostra d'arte importantissima, si tratta di un artista che si è ritirato da parecchio tempo, pertanto ogni dettaglio deve essere assolutamente perfetto!»

«Come preferisci Rosy, sai che potrai venire a casa ogni qualvolta lo vorrai. Io e tuo padre da qui non ci muoviamo. Ricordati di dare da bere alle piante, Dio solo sa se sono ancora vive!»

Persino Bianca era a conoscenza dello stato pietoso in cui si trovavano le piante di sua figlia a causa del suo poco tempo a disposizione.

Arrivava talmente tardi alla sera a casa che non se ne ricordava o al massimo guardandole diceva a voce bassa «domattina penserò a voi» crollando nel sonno più profondo.

Rose sapeva che sua madre aveva ragione. Le mancava fare rientro a casa, assaporare un po' di bel tempo tipico del Texas ed abbandonare il grigiore della grande mela, abbronzarsi, andare al fiume a pescare con Tommy, suo grande amico del liceo nonché confidente ma ora non poteva. Doveva tenere duro, si trattava di lavoro e se questa mostra andava bene come sperava, molto probabilmente avrebbe avuto la tanto attesa promozione.

Ma ora non era il caso di ripercorrere il viale dei ricordi, era tardi, doveva mangiare ma prima di tutto dare da mangiare ai suoi pesci ed .... annaffiare le piante!

Dopo una bella doccia il divano la reclamava, *oh finalmente la tv, chissà se c'è qualcosa di interessante da poter sbirciare…* sbirciare perché non appena la accese prese sonno.

Al mattino come sempre la sveglia si faceva sentire di buonora, ma al contrario delle altre mattine Rose era già sveglia.

Si era svegliata a causa di un sogno che l'aveva stranita.

Il punto era che non si ricordava nemmeno cosa aveva sognato, aveva solo quel non so che in testa.

Si era alzata ed in automatico aveva controllato se aveva messaggi sul cellulare, si era fatta la doccia, si era pettinata, si era vestita, si era preparata la colazione ed era uscita.

Solitamente strada facendo era già immersa nel suo mondo fatto di sfumature, colori, … doveva fare una cernita dei migliori dipinti da poter mettere nella mostra del sig. Williams e questa responsabilità la rendeva frizzante ma allo stesso tempo la preoccupava, era consapevole che se qualcosa andava storto poteva perdere il suo posto alla galleria. Ma non quella mattina.

La sua testa cercava in qualche modo di ricordare cosa la rendeva così stranita, il sogno, Rose cercava di ricordare il più possibile ma era come cercare di leggere da una lavagna dopo averla cancellata.

Senza rendersene conto era arrivata in Galleria.

«'Giorno Rose» Patricia la attende nel mezzo della sala principale.

Patricia Stevens, oltre che ad essere la sua amica, super sportiva ed "ecologica" in tutto quel che fa era una sua collega di lavoro.

Si conoscevano da quando Rose era arrivata alla galleria, 6 mesi prima, e si erano subito trovate simpatiche a vicenda, talmente diverse che si completavano a vicenda. Avevano iniziato assieme a lavorare in galleria ed ogni cosa Rose l'aveva sempre condivisa con lei e viceversa. Patricia aveva una vita decisamente diversa dall'amica, andava a correre ogni mattina, in dieta perenne, attenta alla linea ed al cibo biologico e con un ragazzo che frequentava da diversi mesi.

«Ciao Patty.»

«Rosy, tutto bene? Mi sembri pensierosa.»

«Tutto bene Patty, sono solo un po' stranita, stanotte ho fatto un sogno dal quale mi sono svegliata di colpo ma non ricordo nulla.»

«Ah Rosy, un sogno è solo un sogno! Se vuoi ti racconto io che sogno ho fatto: un hamburger gigantesco che mi aspettava con le patate e tantissima salsa rosa!»

Ah Patricia, sempre la solita.

«Direi che il tuo sogno vuol suggerirti di lasciar perdere la dieta!»

Non c'era di meglio che iniziare la mattina con una risata, che però era stata ben presto stroncata dall'arrivo del loro responsabile, Sig. Avery: «Cosa ci sarà di tanto divertente mie care, vorrei ricordarvi che c'è una mostra da organizzare ed il tempo oramai è agli sgoccioli! La serata è prevista per questo sabato, pertanto vi chiedo di velocizzare i preparativi.»

«Questo sabato? Ma mancano 4 giorni!»

«Lo ben so signorina Taylor, è forse un problema per lei? Devo chiedere alla signorina Stevens di occuparsene forse?»

«No, no. Assolutamente nessun problema sig. Avery.»

«Perfetto.»

Rose e Patricia si scambiavano uno sguardo che lasciava poca immaginazione.

Come si poteva organizzare un mostra d'arte di quella portata in 4 giorni???

Oh povere noi

REGINATO LUANA

La giornata trascorse nel trambusto più assurdo: quadri in ogni dove (*per fortuna che il sig. Williams si era fermato a dipingere!* Così le avevano riferito ... ma a quanto sembrava non si era fermato nemmeno per dormire), elettricisti che andavano e venivano, tecnici del suono, ... un vero e proprio caos.

Come poteva Rose scegliere con cura ed organizzare la migliore mostra d'arte mai vista negli ultimi tempi in questo modo??? Si preannunciava un disastro.

Non appena arrivata a casa, si lasciò cadere sul divano ed ordinò una pizza che meritava tutte le invidie di Patty.

Per quella sera era impensabile mettersi ai fornelli, non aveva la testa libera per pensare a qualche prelibatezza, doveva assolutamente fare mente locale su tutti i quadri che aveva visto oggi per almeno arrivare all'indomani in galleria con qualche idea.

Il sig. Williams aveva una collezione a dir poco varia, da una serie di quadri prettamente ambientali con ritratti di fiori, a quadri astratti, a quadri che ritraevano persone ... quali di questi quadri rispecchiava l'animo del pittore? Visti così si intuiva che non volesse proprio far capire nulla di cosa realmente provava.

Come poteva Rose far centro ed organizzare qualcosa di assolutamente unico con un senso logico, con una continuità tra un quadro e l'altro se non riusciva nemmeno lei a capire cosa l'artista voleva trasmettere???!!!

Nell'attesa che Tommy rispondesse al telefono Rose pensava e ripensava .... C'era qualcosa che tornava alla sua mente ... un quadro intravisto in galleria, che se non ricordava male ritraeva un ragazzo ... chissà perché le era tornato alla mente proprio quello con tutti quelli visti oggi. Mah.

«Pianeta terra chiama Rosy, Rosy ci sei?»

«Ah ciao Tommy scusa, ero sovra pensiero. Come stai?»

REGINATO LUANA

«Io solito Rosy, tu invece? Che succede?»

«Sono stanchissima ed oggi il mio capo mi ha informata che ho solo 4 giorni per organizzare la mostra del secolo, non so da che parte partire Tommy … Ah e prima che me ne dimentichi, non c'è bisogno che ti dica che tu ed i miei dovrete esserci, assolutamente! Tommy Help me.»

«4 giorni???? Ma sta scherzando?»

«Non è uno scherzo, e mi ha persino detto che se penso di non farcela da l'incarico a Patricia. Non so proprio da dove partire.»

«Inizia dai quadri Rose, come sempre. Il resto è contorno.»

«Ed è proprio questo il problema. Non ha un genere, oggi ha fatto arrivare in galleria tutti i dipinti e ce ne sono di tutti i tipi: dagli astratti, ai ritratti, ai paesaggi … Non so proprio da dove iniziare.»

«So che solitamente non hai rapporti con gli artisti, ma a questo punto ti consiglierei di incontrare il pittore, cerca di capire di che persona si tratta, di cosa vuole trasmettere al suo pubblico, praticamente devi cercare di analizzarlo. Se non sei riuscita a capirlo dai suoi dipinti devi per forza incontrarlo.»

«Ma come posso fare? Non ho accesso a certi tipi di informazioni, ai suoi contatti. Non l'ho nemmeno intravisto quando è passato per accordarsi con il sig. Avery, non penso proprio di riuscire a conoscerlo.»

«La Rosy che conosco io non si ferma davanti a niente e nessuno. Ora non ci pensare, fatti una bella dormita e vedrai che domani troverai il modo per conoscere il tuo mister x.»

«Ok notte Tommy.»

«Notte Rose e grazie per l'invito. Domani sentirò i tuoi per accordarci.»

Tommy era sempre il solito, la faceva facile lui ... come poteva Rose incontrare il sig. Williams, non era venuto nemmeno lui a portare i dipinti ieri! Aveva commissionato un'azienda esterna. Questo era un vero mistero. Beh magari domattina parlandone con Patricia una soluzione la si potrebbe trovare.

2.

Appena chiusi gli occhi la sua mente iniziava a vagare in un ambiente che sembrava essere una stanza bianca ma senza pareti, una stanza infinita ma che non le creava disagio ma bensì una sensazione di "casa".

Continuava a camminare cercando un qualcosa che non sapeva nemmeno lei.

Ma quando lo vide capì che non cercava qualcosa ma bensì qualcuno.

Un volto familiare la aspettava sorridente, un ragazzo all'incirca della sua età, capelli castani ed occhi scuri.

Non sapeva il perché ma quel ragazzo le trasmetteva pace e serenità.

«Ciao Rose, temevo di non averti suscitato curiosità ieri notte e che non saresti tornata.»

«Scusami? Sono un po' perplessa. Tutto questo mi disorienta: non ricordo di ieri notte. Potresti aiutarmi a capire? Chi sei? E dove siamo?»

«Calma con le domande Rose, una cosa alla volta. Andiamo per gradi. Io mi chiamo Evan e questo posto è un luogo di "mezzo" »

«Non riesco ancora a capire ...»

«Capirai a tempo debito. Allora dimmi, come stanno procedendo i preparativi per la mostra del sig. Williams?»

«Come fai a sapere della mostra?»

Evan la guardava con aria divertita ... «Pensi di dirmelo prima o poi? Insomma, io non so nemmeno chi tu sia eppure parlare con te mi viene del tutto naturale.»

«Perché il tuo istinto ti suggerisce che di me ti puoi fidare. E no, non ti dirò come faccio a sapere della mostra. Insomma, lo sanno tutti!»

«Va bene, mi arrendo. Non so nemmeno perché sto qui a parlare con uno sconosciuto … credo di essere pazza … senza il *credo*, lo sono, sono pazza, sto sognando … non può essere diversamente.»

«Rose, Rose, ehi … io sono ancora qui.»

«Giusto, sei qui, Evan giusto?»

E dopo un suo cenno di assenso, messa da parte la diffidenza Rose iniziò a parlare con Evan: «I preparativi procedono ma il tempo a mia disposizione è poco. Non so se ce la farò ad organizzare il tutto entro sabato e al contempo fare in modo che sia una mostra d'eccellenza.»

«Scommetto che ce la farai Rosy» le disse Evan dandole una piccola margherita.

Rosy? Solo sua madre, Tommy e Patricia la chiamavano così… come poteva saperlo? E soprattutto, come faceva a sapere che la margherita era il suo fiore preferito? Era la prima volta che lo vedeva … per quello che ricordava lei … a quanto diceva lui no.

«Ho un piccolo suggerimento per te: il numero del sig. Williams lo puoi trovare sull'agenda del Sig. Avery, sotto il nominativo "Kapman"».

Driiiin!!!!

Rose si era svegliata di soprassalto e si era alzata bruscamente stranita da quel sogno particolare e particolarmente innervosita con la sveglia, lei avrebbe voluto parlare ancora un po' con quel Evan, peccato che il sogno sia finito così velocemente e sia tornata alla realtà. Sembrava così reale, era così tranquilla in quello spazio bianco, non come ora che si ritrovava l'ansia addosso per la mostra!

Doveva farsi un bel caffè, ne aveva decisamente bisogno, si sentiva come se non avesse dormito per nulla.

Alzandosi però cadde per terra una margherita…. *E questa da dove salta fuori??*

Non era possibile che un fiore si materializzasse da un sogno alla vita reale … perché si trattava di un sogno vero???

Più ci pensava e più si sentiva stupida, sapeva che sarebbe stata una follia, alla fine si trattava di un sogno che ancora non riusciva a spiegarsi ma non poteva certo andare nell'ufficio del sig. Avery e controllare l'agenda per vedere se era vero… Come avrebbe potuto giustificarsi se solo se ne fosse accorto o ancor peggio l'avesse colta in flagrante.

No, era impensabile, non poteva farlo ma più che altro non poteva dar adito ad un sogno.

Si sentiva sempre più sull'orlo di una crisi, cosa le stava succedendo? *E' lo stress, solo stress* continuava a dirsi sottovoce tra sé e sé.

Stress o meno non riusciva a non pensarci, la curiosità era troppa.

Passò la mattina controllando, o meglio pedinando il sig. Avery, attendendo il momento giusto per intrufolarsi nel suo ufficio. Si sentiva così in colpa per quello che stava facendo ma una parte di sé la stava spingendo verso quello che in vita sua non aveva mai fatto: spiare.

Non appena vide che il sig. Avery si impegnò con un nuovo cliente e che quindi sarebbe stato impegnato per almeno una ventina di minuti (doveva fare il giro di tutta la galleria), Rose con tranquillità apparente si era addentrata nel suo studio, era talmente nervosa che per poco non fece cadere un vaso di fiori dal tavolino vicino l'ingresso. Ma cosa le stava dicendo la testa? Entrare nell'ufficio del capo, questa era pura idiozia.

14

Fortunatamente il sig. Avery aveva un ordine maniacale pertanto trovare la sua agenda fu un gioco da ragazzi, un po' meno semplice poi rimettere tutto com'era ma questo era un problema secondario. Cercò nell'organizer la rubrica e piano piano la scorse finché non potè che trattenere il fiato quando lesse "Kapman". Com'era possibile? Lei non poteva saperlo quel nome in codice, lei non aveva mai sentito quel nome in vita sua. Ora era più scossa della scoperta che non per il fatto che si trovava ancora nell'ufficio del capo. Ridestandosi memorizzò il numero sul suo cellulare ed uscì più velocemente possibile da lì con il terrore di essere beccata da un momento all'altro.

Appena fu fuori tirò un sospiro di sollievo ma appena si voltò a destra le mancò l'aria: Patricia.

«Stai cercando Avery?»

«Eh, si, no, io stavo solo ...»

«Rose, tutto bene? Che cavolo stai combinando? Stai balbettando.»

«Io non sto combinando nulla, io... bè ci vediamo dopo.»

Si girò di scatto e se ne andò con passo molto sostenuto sapendo di avere l'amica che la squadrava alla sue spalle con aria interrogativa.

Certo il depistaggio non era il suo forte, ma come avrebbe potuto spiegarle il suo sogno, spiegarle della corrispondenza del nome, oh santo cielo, l'avrebbe presa per pazza.

Per tutto il giorno Rose non riusciva a pensare ad altro se non a Evan, al fatto che l'aveva chiamata Rosy, alla margherita, al nome in codice del sig. Williams ... *ma che cosa stava capitando alla sua vita?*

Fino al giorno precedente era tutto tranquillo, una noiosa routine, il suo unico pensiero era la mostra ed ora invece si trovava con la testa per aria ... non aveva bisogno di tutto

REGINATO LUANA

questo, doveva organizzare l'evento dell'anno e lei non aveva altro che in mente lo strano tizio del sogno e tutto il resto. *Rose è solo un sogno* continuava a ripetersi tra sé ma il fiore non se lo spiegava proprio mentre il nome del sig. Kapman se lo spiegava come un'omonimia. Doveva parlarne con Tommy o Patricia ma sapeva che entrambi non l'avrebbero presa sul serio. Tommy sarebbe piombato in città in picchiata, Patricia si sarebbe fatta una risata ... cosa poteva fare? Non doveva pensarci, ecco cosa doveva fare.

La mattinata trascorse così senza grandi risultati. Non riusciva a concentrarsi, a ricordarsi cosa fare ... Oh accidenti, perché era tutto così complicato! Doveva provare a chiamare quel numero e vedere se era davvero quello del sig. Williams per cercare di fissare un appuntamento e fare due parole ... doveva concentrarsi sul consiglio di Tommy, doveva conoscere questo artista del tutto particolare! Doveva pensare solo alla sua carriera che stava mettendo a rischio.

«Pronto? Sig. Williams?»

«Si, con chi parlo?»

«Ah mi scusi, sono Rose della Dom Gallery. Abbiamo ricevuto le sue opere ma avrei la necessità di fare due parole con lei per vedere alcuni dettagli relativi alla mostra di sabato. Potrebbe passare in galleria oggi pomeriggio?»

«Rose, ha detto che si chiama?»

«Si, signore»

«Senta Rose, non vedo che dettagli dovremmo discutere assieme. In fin dei conti ho dato a voi il mandato per organizzare questo evento. Se devo venire a perdere tempo per organizzare la serata tanto valeva che mi arrangiassi, avrei anche risparmiato sulla vostra commissione. E poi come ha avuto il mio recapito?»

«Eh sig. Williams ….»

«Mi sembrava di essere stato chiaro con il sig. Avery, non volevo che il mio numero fosse divulgato a nessuno. Sarà mia cura prendere provvedimenti in merito.»

E riattaccò.

Si poteva dire che il sig. Williams era tutto fuorché collaborativo ed ora aveva un pensiero in più di cui occuparsi: come poteva spiegare ad Avery che aveva rubato il numero e che l'aveva chiamato?

Rose non poteva crederci: non aveva idee e peggio ancora aveva indispettito il cliente numero uno dell'agenzia. Ma perché aveva dato retta a Tommy e poi a quello stupido sogno?! Che irresponsabile!

Disperata andò al salone dove aveva momentaneamente appoggiato alle pareti i quadri per poterci dare l'ennesima occhiata, a quanto pare doveva fare da sé incrociando le dita sul buon risultato.

Arrivò a casa stremata … pesci e piante da sistemare … ora le sembrava il meno da fare. Sul balcone i fiori reclamavano un po' d'acqua ed il togliere le foglie ed i fiori secchi le sembrava in questo momento la cosa più rilassante che poteva fare. Tra un petalo secco e l'altro si dimenticò che giornata da incubo fosse stata e si decise che preparare un risotto con salsiccia: era una buona idea.

Erano giorni che mangiava cibo a domicilio, pizza, cinese, thailandese… era arrivato il momento di mangiare qualcosa di sostanzioso come solo lei sapeva fare.

Un altro giorno era passato, ne mancavano 3 alla mostra e lei non aveva ancora combinato nulla di costruttivo anzi … forse aveva mandato a monte un evento che tutti aspettavano da tempo.

Era rimasta tutto il pomeriggio a fissare quei dannati quadri, ormai li conosceva a memoria: colline, distese di fiori, fiori e ancora fiori per poi passare ad astratti monotematici con il colore nero che faceva da predominante, e poi un ritratto di qualcuno che era sempre di schiena, un uomo che faceva surf sull'oceano.

Come avrebbe potuto decidere il tema della serata? Ci voleva un aiuto...

«Patty, sei libera stasera?»

«E me lo chiedi pure? Saranno secoli che ti chiedo di uscire, ma tu sei sempre stanca, super impegnata con le tue piantine ormai rinsecchite! E poi mi devi spiegare cosa hai combinato stamattina. Avrò la testa fra le nuvole a volte ma mia cara ho capito che hai combinato qualcosa.»

«Ok ok ho capito. Ho bisogno di svagarmi un po' ... non riesco a venirne a capo.»

«Oh, Williams scommetto. Qui ci vogliono i rinforzi. Vediamoci da Jack's per le 21, ok? Ci facciamo un aperitivo e poi andiamo a mangiarci qualcosa di buono, un buon panino super ripieno con tante salse da far venire male solo al pensiero! Ci stai?»

«Ci sto, grazie.»

«Ah non ti preoccupare della mia dieta ... per una sera posso farne a meno.»

Patricia era l'unica amica che aveva a New York e sapeva come tirarle su il morale.

Finito di sistemare tutte le piantine e fiori, cambiò l'acqua alla margherita raccolta la mattina stessa ed andò a farsi una doccia e si mise comoda: pantalone e camicetta azzurra come i suoi occhi che risaltavano nel suo viso lentigginoso incorniciato dai suoi lunghi capelli scuri.

18

Quando varcò la porta di Jack's Patricia era già al banco che l'aspettava con un bicchiere di vino in mano. Era tutto un altro mondo la grande mela ... a Forth Worth l'aperitivo non l'aveva mai fatto, al massimo era andata da Paul a bersi una birra ... ah casa dolce casa, cominciava a sentirne la mancanza, ora come non mai. Sentiva la mancanza delle sue certezze quando era in difficoltà.

«Allora, Miss Texas, che mi racconti?»

«Sono esausta ma più che altro sono demoralizzata. Questo evento è un disastro ancor prima di cominciare. Lui è arrogante, maleducato, mai parlato con un uomo così! Ma come faccio ad organizzargli questo evento se dai suoi dipinti non capisco proprio nulla di lui. Non c'è un filo conduttore ... Patty non so più che fare.»

«Qualcosa mi dice che stai parlando di Williams e qualcosa mi dice che ha a che fare con il fatto che ti ho trovata fuori dall'ufficio di Avery.»

«Si, tanto vale che ti spieghi. Sono andata da Avery per avere il numero di telefono di Williams. L'ho chiamato oggi, ho provato a chiedergli di incontrarci nel pomeriggio ma è stato un disastro. Mi ha persino riattaccato il telefono in faccia.»

«Non posso crederci. Ma Rose, sai che gli artisti sono particolari! Non so come abbia fatto Avery a farsi firmare il mandato e tanto più mi stupisce che ti abbia lasciato il suo numero di telefono. Io non l'ho mai incontrato questo tizio ma avevo capito che non era affatto una persona semplice.»

«Semplice??? Stai scherzando! E' tutto fuorché semplice! Mi chiedo come faccia sua moglie! E comunque il capo non mi ha dato il numero, me lo sono presa di nascosto.» Ed un bel prosecco se lo scolò d'un fiato.

«Miss Texas! Ma che mi combini! Dimmi che stai scherzando!»

«Non sto scherzando ed ora sono terrorizzata che Williams chiami Avery». Rose lo disse talmente a voce alta che anche l'uomo seduto accanto a lei al bancone si girò a guardarla alzandosi per andarsene sorridendo.
«Rosy, ora non pensiamoci più per stasera. Pensiamo a divertirci, a trascorrere una serata tra noi. Domani si ricomincia ok?»
«Ok Patty. Ma che aveva quello da ridere?»
«Ma nulla, avrà sentito che non sei di qui» e con una pacchetta sulla spalla rise all'amica sapendo quanto poteva darle fastidio l'essere denominata "la suddista".
Aveva ragione Patricia, un po' di divertimento e un po' di tempo di qualità tra amiche ci voleva.
Il panino poi era fantastico, i peperoni con la cipolla, formaggio fuso… come avrebbe potuto non essere una serata perfetta?!
Quando tornò a casa era talmente esausta, vino a parte, che si lasciò cadere sul letto con ancora i vestiti addosso.

3.

«Ciao Rose, allora mi sembra di aver capito che oggi hai dato il meglio di te!»

«Evan! Mi dovrai spiegare come facciamo ad incontrarci nei sogni … E comunque si, ti rendi conto che mi sono intrufolata nell'ufficio del mio capo?»

«Ma avevo ragione vero? Hai trovato quello che cercavi?»

«Si, l'ho trovato. Ma sono andata di nascosto nell'ufficio del capo? Sto impazzendo! Non è da me! Ma come fai a sapere tantissime cose su di me, il mio soprannome, i miei gusti, … Ed a questo punto mi devi anche spiegare come posso fare per non farmi licenziare in 2 giorni.»

«Ah Rosy, Rosy, sempre scettica. Stai calma, controlla le emozioni. Il sig. Williams non chiamerà Avery, puoi stare tranquilla.»

«Non ti chiedo nemmeno come fai ad esserne tanto sicuro. Da quello che capisco sai più cose tu di me.»

«Questo perché siamo collegati, ma non sta a me dirti il perché.»

«E chi dovrebbe dirmelo?»

«Da quello che ho potuto vedere oggi hai delle doti da vera detective. Scommetto che lo scoprirai da te.»

Ed a quel punto suonò la sveglia destandola da quel sonno leggermente chiarificatore. Ogni volta si svegliava nel momento in cui la conversazione diventava rivelatrice di qualcosa.

Già le sue giornate erano un caos, mancavano solo le nottate trascorse a parlare con chissà chi.

Non appena, come di consueto, guardò il cellulare mentre si preparava un buon caffè le venne l'ansia quando si rese conto che era giovedì.

REGINATO LUANA

Accidenti, mancavano solo 2 giorni al grande giorno e lei non aveva combinato praticamente nulla!

Si versava il caffè nel termos, non aveva il tempo di berlo a casa e si precipitava alla galleria dove in quell'istante non c'era ancora nessuno.

Si accorse solamente in quel momento che non si era nemmeno cambiata, aveva i vestiti della sera precedente.

Doveva assolutamente approfittarne di quel momento di assoluta calma per andare a rivedere i quadri.

Non potevano mancare solamente 48 ore ed essere ancora a quel punto!

Andò nella sala principale, iniziò a guardare tutti i quadri, non erano in ordine, erano stati appoggiati alle pareti a caso.

Quindi per prima cosa cercò di capire se c'era una data o un qualcosa che le avrebbe fatto capire l'ordine cronologico con il quale erano stati dipinti.

Apparentemente non c'era nulla ... poi si accorse che nella firma c'era un numero ... la finale dell'anno!

Evviva, ce l'aveva fatta: era riuscita a trovare una chiave di lettura. A questo punto si mise a metterli tutti in ordine.

Che strano come il sig. Williams dipingesse in modo discontinuo.

I quadri più vecchi erano più radi, uno o due quadri all'anno, negli ultimi due invece erano più numerosi.

I primi quadri erano quasi tutti paesaggi, senza un'identità propria, erano generici. Il solito mare, la solita montagna, ... ma non lasciavano trasparire nulla.

Poi l'artista ha avuto il periodo astratto, con prevalenza del colore nero, sembrava lo sfogo di una rabbia inconscia per poi terminare con fiori di colori tenui, leggeri, una sensazione di pace che andavano a chiudersi con il ritratto di un ragazzo che si allontanava … Quest'ultimo quadro le trasmetteva inquietudine, voleva quasi toglierlo dalla mostra.

A questo punto non le restava che mantenere quest'ordine per la sua mostra, l'ordine di data… e pertanto essendoci delle chiare fasi temporali Rose pensava di creare una sorta di ambiente adatto alla psiche del momento.

Per il periodo iniziale qualcosa di neutro per poi passare ad una stanza allestita con drappi neri e bianchi che creassero una sensazione di oscurità per poi terminare con la serenità dei fiori che si potevano proiettare nelle pareti, come un proseguo dei quadri che ne sarebbero stati appesi.

E la mattinata trascorse talmente veloce che Rose non si accorse nemmeno che Patty ed il sig. Avery erano passati diverse volte a vedere cosa stesse combinando ma non l'avevano mai disturbata per la paura di interrompere un momento di creatività.

Fu Patricia ad informarla nella pausa pranzo che il sig. Williams aveva chiamato chiedendo di poter vedere come sarebbe stata allestita la mostra e specialmente per quel motivo il sig. Avery non l'aveva chiamata quella mattina. L'aveva vista all'opera e sperava che lei riuscisse a creare una bozza di quello che sarebbe stato per poi discuterla con il cliente la sera stessa.

«Non starai mica scherzando??!!! Ha chiamato stamattina?»

«Si, Rosy. Vuole sapere come verrà allestita la mostra. Ha detto che non vuole sorprese.»

«Oh mio Dio. Avrà detto ad Avery che l'ho chiamato! Oh Dio questa sarà la mia prima ed ultima mostra! Non posso crederci! Tutta colpa di Tommy ed Evan.»

«Tommy ed Evan? E chi sarebbe Evan? E' un amico di Tommy? Cosa mi sono persa?»

«Eh, no… cioè si, è un amico di Tommy … l'altra sera ci siamo sentiti al telefono e sono stati loro a suggerirmi di parlare con il sig. Williams … Certo non sapevano che per me parlare con lui fosse una cosa impossibile non avendo l'accesso alle banche dati dei clienti della galleria.»

«Ah Rosy. Ad ogni modo so solamente che domattina sarà qui per vedere cosa hai creato.»

«Domattina?!»

«Si, perché? A me sembri già ad un buon punto.»

«No, che non lo sono. Sono in alto mare!»

Rose a quel punto lasciò la sua triste insalatina per tornare immediatamente al lavoro, non poteva crederci che Patty le desse una simile notizia con tanta leggerezza, forse lei non si rendeva conto di cosa significasse per lei quella mostra … o forse se ne rendeva anche troppo conto e non le dava le corrette informazioni o nelle giuste tempistiche per metterla in difficoltà. No, non poteva essere. La stanchezza le stava giocando brutti scherzi.

Sicuramente.

Il pomeriggio passò in un battibaleno, Rose correva da tutte le parti per creare la stanza con i drappi appesi, la più complessa, ma alla fine rimase stupita del risultato. Non poteva crederci nemmeno lei di come stesse prendendo forma ciò che aveva in mente: i drappi neri e bianchi facevano da padroni con i quadri che sembravano essere sospesi nel nulla, come se avessero vita propria.

Continuava a guardare il quadro del ritratto, l'ultimo prodotto dall'artista e pertanto anche l'ultimo della mostra. Quel quadro le faceva un non so che e non riusciva a spiegarselo nemmeno lei.

Il ragazzo che raffigurato di spalle se ne sta andando, con il viso semi girato come se avesse appena salutato chi gli stava dietro. Era una quadro che a Rose trasmetteva pace ma allo stesso tempo tristezza, sembrava un addio. Chissà cosa voleva esprimere Williams con quel quadro … chissà se la persona raffigurata era lui, magari un autoritratto. Mah.

Arrivata a casa quella sera, per la prima volta dopo tanto, andò a guardare la tv sul divano con molta serenità, sentiva che piano piano i pezzi del puzzle stavano andando al loro posto. Mancava un solo giorno e poi sabato ci sarebbe stata la sua prima mostra come dirigente.

Prima di andare a letto, andò a dare da bere alle ormai amate piante che le fecero venire in mente di chiamare sua madre, erano 3 giorni che non la sentiva ed era un po' strano. Non perché lei fosse mammona, ma sua madre non faceva passare 24 ore senza sentire la sua bambina specie ora che non era più a Forth Worth ma sapeva quanto fosse importante per lei la mostra e non voleva disturbarla.

«Mamma, ciao, sono io. Come va?»

«Rosy, tesoro. Sto bene, cara, a parte il caldo ma papà ha sistemato l'aria condizionata ed ora siamo sulla veranda con una limonata fresca. Come procedono i preparativi per la mostra?»

«Procedono. Finalmente oggi sono riuscita a trovare una chiave di lettura dei quadri e penso di esserci quasi. Domani è l'ultimo giorno e poi sabato andrà come andrà. Più di così non saprei come fare.»

«Tesoro, scommetto che sarà una mostra fantastica. Non è da tutti fare una mostra di una persona che nemmeno si conosce e senza alcuna indicazione.»

«Mamma, ma tu, papà e Tommy ci sarete vero? Vi ho fatto avere i biglietti aerei l'altro giorno.»

«Certo che ci saremo. Non potremmo mancare per nulla al mondo. E' da giorni che ci siamo organizzati con Tommy, non vediamo l'ora!»

«Ne ero certa. Ora vado, ho un sonno … sono giorni che non dormo più di tre/quattro ore a notte.»

«Vai tesoro, buona notte. Ci vediamo sabato.»

Appena Rose chiuse gli occhi sprofondò in un sonno profondo, dove non fece altro che sognare prati pieni zeppi di margherite. Quando arrivò Evan.

«Rosy, mi congratulo per il lavoro di oggi. Sei stata brava alla galleria.»

«Grazie Evan. Sai? Ormai mi sto abituando a questi incontri notturni. E tu cosa hai fatto oggi?»

«Oh bè, io avevo poco da fare. A parte controllarti, ovvio.»

«Ma dimmi, sei una specie di angelo custode?»

«No, Rose, non lo sono. Se lo fossi, credimi non mi farei vedere tutte le notti. Me ne starei buono buono al tuo fianco, guidandoti silenziosamente nel tuo cammino.»

«Ma allora, chi sei?»

«Per quanto possa sembrarti strano, sono molto più vicino di un angelo. Certo ora vivo in un mondo che non è il tuo, ma come ti dicevo, siamo collegati.»

«Non capisco questo collegamento in cosa consista, non potresti essere un po' più loquace?»

«Mi spiace Rosy, non mi è concesso. Non spetta a me farti sapere certe cose, le devi scoprire da sola, io posso solo aiutarti e suggerirti come scoprirle. Scusami, ma devo andare.»

Per la prima volta Evan se ne andò di sua spontanea volontà, quasi risentito di tutte le domande di Rose.

Rose si svegliò, non come al solito al suono della sveglia, era ancora notte fonda, ma non riusciva più a riaddormentarsi. Chi era Evan? Come facevano ad incontrarsi ormai ogni notte?

E perché si era infastidito tanto dalle sue domande? Capiva di essere insistente ma lui doveva capire la stranezza di quello che stava vivendo, non sarebbe stato normale non volerne sapere di più.

Le ore passavano e visto che non riusciva più a dormire, si preparò e se ne andò al lavoro prima del solito. Non aveva senso stare a casa, i suoi pensieri tornavano sempre ad Evan.

C'era qualcosa in lui, qualcosa che lui voleva dirle ma non "poteva" … cosa voleva dire?

La giornata, a differenza di come era partita, si rivelò molto proficua. Rose terminò quasi ogni cosa, la mostra stava prendendo forma, mancavano gli ultimi quadri, ma il più era fatto.

In quel frangente arrivò il sig. Avery accompagnato da un uomo sulla cinquantina, di bell'aspetto, con un'aria sbruffona … Williams, non poteva che essere lui.

«Sig.na Taylor, Le presento il sig. Williams.»

«Piacere di conoscerla.» Ed in quel frangente Rose sperò che il cliente non menzionasse la loro telefonata dell'altro giorno.

«Sig.na Taylor, piacere mio. Potrebbe illustrarmi come ha preparato la mostra?»

«Certo, mi segua.»

«Mi dica, come mai questo ordine di esposizione? E' per genere?»

«A dire il vero è in ordine cronologico di produzione, o almeno penso lo sia. Ho notato che nella firma affianca un numero che a mio avviso è l'anno di produzione. Mi dica sig. Williams, ho inteso bene?»

«Devo dire che mi sta stupendo. Quando Avery mi disse che la mostra l'avrebbe organizzata una neofita, ero un po' preoccupato, ma devo dire che quanto mi è stato riportato allora è corretto.»

«Quanto le è stato riportato? Bè devo dire che il sig. Avery non mi avrebbe mai dato una tale responsabilità se non pensasse che potessi farlo, con tutto il dovuto rispetto.»

«Oh, non è del sig. Avery che mi riferisco, ma non ha importanza.»

Rose non poté far altro che tacere. Ma cos'erano questi segreti, questi misteri?

Chissà che arrivi presto sabato sera, quando tutto questo sarà finito.

«Vedo però che non ha terminato ancora. Mancano dei quadri.»

«Si, mancano da appendere due quadri, il ritratto ed un quadro che mi hanno riferito porterà domani. Pensavo di tenere il ritratto per ultimo se per Lei va bene.»

«Lo metta per penultimo. L'ultimo l'avrà domani, appena sarà ultimato.»

Rose denotò una smorfia nel volto di Williams mentre riguardava il quadro e non potè far a meno di chiederglielo.

«Mi scusi, ma il ritratto è di fantasia oppure conosce la persona del quadro?»

«Non vedo come questo possa interessarla, ad ogni modo, si, la conosco. E' un mio caro amico.»

A quel punto Williams se ne andò stizzito dalla domanda di Rose.

Certo che questo cliente era tutto fuor che la semplicità in persona. Sperava che non tutti fossero così.

Al rientro a casa trovò con sua somma meraviglia, il soggiorno pieno di margherite.

Ma come cavolo è possibile? Disse tra sé… nessuno aveva le chiavi di casa, nemmeno il mazzo di scorta.

Sopra al tavolo in cucina, vicino ad un vaso pieno anch'esso di margherite trovò un biglietto: *Ti chiedo scusa per ieri, spero tu possa perdonarmi. Evan.*

Ebbe un sobbalzo … Evan? Evan? Ora stava proprio per sentirsi male.

Aveva le allucinazioni. Era sicuramente quello, ora avrebbe chiuso gli occhi, li avrebbe riaperti e tutto questo non ci sarebbe stato.

Ed invece era tutto lì … esattamente come dieci secondi prima.

Ma come avrebbe fatto a spiegare a qualcuno questa cosa? Faceva fatica a capirla lei.

Aiuto … è colpa dello stress, troppa caffeina, … troppo tutto!

Non voleva nemmeno addormentarsi per il timore di vedere Evan … cosa le avrebbe detto?

Ma la sua stanchezza ebbe la meglio e crollò sul divano, nel tentativo di rimanere sveglia.

«Rosy, non mi dire che ti sei spaventata. Solo per qualche margherita?»

«Evan, santo cielo. Qualche margherita? Già è strano questo rapporto di conoscenza a distanza se così posso dire, dove tu sai tutto di me ed io praticamente nulla di te ed in più, se tu sei in una dimensione diversa dalla mia come fai ad intrufolarti in casa mia?»

«E' tutto incluso nel pacchetto del mio nuovo mondo.»

«E potresti dirmi questo tuo mondo dove si trova?»

«E' esattamente parallelo al tuo. Anch'io facevo parte del tuo mondo tempo fa, ora non più. Ma se non ti spiace, non vorrei parlarne. Dimmi piuttosto, sei pronta per domani?»

REGINATO LUANA

«Ah, guarda, vorrei arrabbiarmi ma non ne ho le forze. E poi se mi arrabbio mi riempiresti di margherite tutto il resto della casa. Per domani sono un po' preoccupata. Spero vada tutto per il meglio e spero di ottenere la conferma da parte del pubblico che il mio lavoro piaccia così da poter avere la promozione ed altri clienti, spero meno difficili di Williams.»

«Sei riuscita a parlarci?»

«Ma come? Tu che sai tutto non sai che è venuto in galleria oggi? E' passato ad accertarsi che il mio lavoro sia in linea con i suoi pensieri ... pensa che mi darà direttamente domani sera, poco prima dell'inizio, l'ultimo quadro del quale ovviamente non so nulla!»

«Che forte Williams.»

«Chiamalo forte tu, io lo chiamo sbruffone.»

«Rosy, ora devo andare. Sono un po' stanco. Ci vediamo domani, buona notte cara.»

Sul subito non ci fece caso, ma al mattino seguente ripensando alla parole dell'amico di sogno si insospettì del saluto "buona notte cara" ... strano da un ragazzo.

Non era il caso di fissarsi su una simile sciocchezza.

4.

Era il gran giorno e tutto doveva essere assolutamente perfetto, per questo motivo Rose corse alla galleria di buonora per controllare tutto: dalla musica ambient scelta con cura, alle luci soffuse dove servivano, all'arrivo dell'ultimo quadro.

Williams arrivò, come previsto, qualche minuto prima dell'inizio e cosa peggiore era andato lui stesso ad appendere l'ultimo quadro, tanto atteso. Che nervoso creava quest'uomo.

Lui era un cliente, come si permetteva di andare a mettere da solo il quadro? Se non stava bene nel complesso? L'avrebbe preso a schiaffi se avesse potuto.

Andò di corsa all'ultima stanza, e appena lo vide lo schiaffo mentale lo prese lei: l'ultimo quadro rappresentava ciò che la fece rimanere a bocca aperta. Un prato pieno di margherite con un ragazzo, lo stesso del ritratto precedente, ora il ritratto era facciale ... Si trattava di Evan.

Rose non riusciva più a dire nulla, non riusciva più a pensare.

Come faceva Williams a conoscere Evan? Come faceva Evan a conoscere Williams? Ma questa era una congiura contro di lei?

Non si reggeva in piedi ... Si sentì prendere sottobraccio da qualcuno che la portò in un angolo della stanza. Rose era talmente inebetita che non si accorse nemmeno che si trattava di Williams.

Si girò di scatto e lo guardò stupita, come se vedesse un fantasma.

«Ma chi è il ragazzo del quadro?»

«Sig.na Taylor, mi sembra di averglielo detto proprio ieri. E' un mio caro amico. E' pallida, ha bisogno di un bicchier d'acqua? Vuole uscire a prendere una boccata d'aria?»

«No, grazie, ha fatto abbastanza. Con il suo permesso.»

Rose, per non sembrare fuori luogo e per mantenersi calma riprese tutto l'autocontrollo di cui era capace e si diresse all'ingresso, dove avrebbe dovuto accogliere gli invitati alla mostra e far loro da guida in quel breve viaggio nella mente dell'artista.

Non poté far a meno di notare i suoi genitori e Tommy che l'attendevano, un po' spaesati ma fieri della loro ragazza.

«Oh mamma, papà, Tommy, che belle rivedervi!» cercò di nascondere lo stato d'ansia che sentiva dentro di sé.

«Oh tesoro, sei un po' sciupata. Tutto bene? E' bellissimo qui!»

«Grazie mamma. Tranquilla, sono solo un po' tesa. Spero nella buona riuscita di questa serata.» *e spero tu mi possa credere senza farmi altre domande.*

«Dalla gente che vedo arrivare direi proprio di si.»

«Bene, seguitemi, vi faccio da Cicerone. Sono curiosa di sapere cosa ne pensate.»

La madre le fece un occhiolino, come ai tempi delle scuole, quando le voleva infondere coraggio.

E come allora Rose fece un bel respiro profondo e si incamminò innanzi a tutti, si mise al centro del salone e fece la presentazione della mostra, dove diede una panoramica generale di quanto avrebbero potuto ammirare in quella serata, senza entrare nello specifico perché altrimenti avrebbe rovinato la sorpresa.

Erano tutti entusiasti.

La serata procedeva bene, i clienti erano tanti, i quadri erano molto richiesti ... Finché ...

Arrivarono all'ultima sala, i drappi fecero l'effetto richiesto, una sensazione di pace e leggerezza ma quando Rose si voltò per scrutare i volti di tutti non poté far a meno di notare sua madre diventare bianca cadaverica e cominciò a mancarle il fiato. Suo padre la portò subito fuori, aveva bisogno di respirare. Ma cosa stava succedendo?

Tommy le si avvicinò «Rosy, tranquilla, ci penso io. Tu continua, hai delle persone da seguire, vedrai che sarà stato uno sbalzo di pressione, un po' di tensione, era talmente emozionata!»

«Ok Tommy, fammi sapere, ti prego. Finisco il giro e vi raggiungo appena possibile.»

«Certo» ed uscì seguendo i genitori di Rose.

Rose cercò di ricomporsi e continuare con la mostra, non avrebbe potuto lasciare tutto lì di punto in bianco e non seguire la vendita dei quadri.

Con suo stupore scoprì che le varie opere erano state tutte vendute tranne due, i quadri di Evan.

Che strano, erano le ultime due opere di un artista super ricercato, possibile che nessuno avesse voluto quei quadri?

Quando si avvicinò per ricontrollare le targhette dei dipinti notò che Williams, a sua insaputa, aveva fatto aggiungere che facevano parte della "Collezione privata".

Che senso aveva allora esporli in una mostra se poi non voleva venderli?

Non appena poté Rose raggiunse i suoi genitori, sua madre stava meglio ma ancora provata.

«Mamma, come stai? Ma cosa è successo?»

«Come sto? Cosa è successo? Mi stupisco di te. E' un colpo basso, talmente basso che da te non me lo sarei mai aspettato. Se avevi delle domande da farmi o se volevi sapere qualcosa non serviva metterlo in mostra, potevi parlare con me!

Robert, riaccompagnami all'hotel. Tommy ci rivediamo domani all'aeroporto.»

E con questo la madre girò i tacchi, prese il primo taxi e se ne andò.

REGINATO LUANA

A Rose sembrava di vivere un incubo. Non aveva fatto nulla, era tutto ok, stava seguendo la sua mostra, cosa aveva fatto di sbagliato? Cosa avrebbe dovuto chiederle?

Quell'affermazione della madre continuava a rombarle in testa "potevi parlare con me" … ma di cosa?

Tommy era l'unico che parlava con Rose ma era anche l'unico come Rose a non capire dove stesse il problema. Cercava di tranquillizzare la sua amica ma senza grandi risultati. Non aveva mai visto Bianca così arrabbiata con la figlia.

Tommy rimase con Rose, non poteva certo lasciarla in quello stato, zittita ed lì ferma a fissare il taxi che se ne andava.

Aspettò che l'amica terminasse quanto doveva in galleria, doveva terminare di sistemare le registrazioni di vendita dei quadri e nel momento in cui tutti oramai se n'erano andati si avvicinò «Rosie, tutto bene?»

«Tommy, dimmi, cosa ho sbagliato? Non capisco cosa le sia preso.»

«Rosy, non ho mai visto tua madre in quello stato, non lo so. Sicuramente le devi parlare ed è meglio che tu lo faccia prima che ripartiamo domani.»

Rose e Tommy andarono in un locale tranquillo per brindare alla sua prima mostra, tra l'altro riuscita benissimo e con successo: tutti i quadri erano stati venduti. Certo, non era la fine che aveva mentalmente pensato, nel suo immaginario ci sarebbero stati anche i suoi genitori ma non poteva fare altrimenti. Aveva provato a chiamare Bianca senza ottenere alcuna risposta.

«A te Rosy, al primo dei tuoi successi! Ed io posso dire "c'ero".»

«Oh grazie Tommy, scusami se non riesco a festeggiare come si deve ma la mia testa è altrove. Più ci penso e meno riesco a comprendere cosa sia successo a mia madre.»

REGINATO LUANA

«Rosy, nessuno l'ha capito, anche tuo padre è rimasto sconcertato quanto noi. Cerca di stare tranquilla, domani mattina riprova a chiamarla e vedrai che tutto si sistemerà.»

I due amici trascorsero del tempo come era solito fare tra loro quando Rose era in Texas, due chiacchiere, una birra e tante risate. Le mancava, Tommy era sempre una certezza per lei, come un fratello, sapeva che qualunque cosa sarebbe successa lui ci sarebbe sempre stato come lei per lui.

Quella notte Evan non si fece vedere. Ecco proprio la notte in cui Rose avrebbe avuto bisogno di lui, di lui che aveva sempre una chiave di lettura su tutto, lui dal suo mondo parallelo. Possibile che proprio ora lui non ci fosse?

Rose percepì che non poteva esserci perché altrimenti avrebbe dovuto darle delle risposte e lei ormai si era abituata alle non risposte da parte sua. Quando mai rispondeva ad una qualsiasi domanda!

L'indomani Rose, dopo l'ennesima chiamata a vuoto, decise di presentarsi direttamente in hotel dove pernottavano i suoi genitori e Tommy.

Alla reception però la informavano che la madre se n'era già andata, a dire il vero non aveva nemmeno pernottato, aveva preso il primo aereo la sera precedente mentre il padre e Tommy erano usciti una mezz'ora prima del suo arrivo.

Il tutto era molto strano, suo padre e sua madre non si erano mai lasciati prima d'ora, facevano sempre tutto in simbiosi, una coppia perfetta anche dopo quasi 30 anni di matrimonio.

La domenica trascorse nella noia più completa, Rose era depressa, non aveva voglia di fare nulla.

Nemmeno Patricia, che Rose aveva chiamato subito dopo essere uscita dall'hotel, riuscì a convincerla ad uscire per un gelato, nemmeno al richiamo di un panino super ripieno Rose non aveva risposto quindi fece bandiera bianca.

Con Patricia non aveva un rapporto come con Tommy, lui la capiva al volo, bastava uno sguardo. Patty ovviamente doveva ancora conoscerla sotto certi punti di vista ed era assolutamente normale considerando che si conoscevano da meno di un anno. Per questo motivo all'ennesimo rifiuto da parte dell'amica, Patricia decise di andarsene a casa, di lasciare Rose tranquilla, non sapeva più che pesci pigliare. Salutò Rose dandole un forte abbraccio e se ne andò.

Rose cercò di dormire e proprio quando aveva perso le speranze di incontrare Evan, eccolo lì che le va incontro.

«Finalmente! Dov'eri? Ieri notte ti ho cercato ovunque, se così posso dire. Ho bisogno di te! Dov'eri?»

«Rosy, ieri notte non potevo esserci. Ho saputo che la mostra è andata bene ma ho saputo anche dei tuoi.»

«Si, mia madre mi ha scossa. Stavamo guardando la mostra quando è uscita in preda ad una crisi di respirazione e quando l'ho raggiunta mi è inveita contro. Non ho ancora capito cosa le ho fatto. Cosa le ho fatto Evan? Ho trovato il tutto fuori luogo ed eccessivo. Ho provato a chiamarla ma non risponde, sono andata al suo hotel ed ho scoperto che se n'era già andata ieri sera e la cosa strana è che se n'è andata da sola. Mio padre è ripartito stamattina con Tommy.»

«Lasciala tranquilla, deve sbollire.»

«Sbollire cosa? Non so nemmeno per cosa?»

«Rosy, non ho molto tempo. Cercami.»

«Cosa stai dicendo?»

«Ti sto dicendo che non ho molto tempo. Mi devi cercare.»

«Cercare? Ma sei qui davanti a me!»

«Sempre a guardare il senso letterale. Cercami nella tua dimensione ed avrai delle risposte.»

Fece appena in tempo a prenderle una mano, una stretta forte ma allo stesso tempo dolce che Rose percepì come Casa. Non ebbe il tempo di cogliere il momento che Evan sparì lasciandola nello spazio bianco illimitato completamente sola e per la prima volta spaesata.

Doveva cercarlo … una parola! Come cercare un ago in un pagliaio. Come avrebbe potuto cercarlo? Sapeva solo che si chiamava Evan e che era in un mondo parallelo!

5.

Rose si svegliò in preda ad uno stato d'ansia che non riusciva a calmare, guardò l'orologio ed erano appena le 3 del lunedì mattina. Non poteva essere tutto vero … ma ormai non credeva più che fosse un semplice sogno, Evan era vero, era reale. Era un ragazzo in carne ed ossa.

Era difficile da spiegare ma quel solo averle preso la mano le fece capire che doveva cercarlo, non poteva lasciar correre, ma da dove iniziare?

Per prima cosa doveva assolutamente calmarsi e per tale motivo si preparò una camomilla doppia, nella speranza anche di riaddormentarsi e magari ritrovarlo per chiedergli maggiori informazioni.

Era triste ma più che altro si sentiva sola con un turbinio di emozioni che la sovrastavano, non riusciva ad essere lucida.

Andò avanti ed indietro per la sala da pranzo una miriade di volte, oramai il sonno se ne era andato definitivamente … non riusciva a trovare una via d'uscita ma una via d'entrata si!

Come aveva fatto a non pensarci prima!

Doveva andare alla galleria. Lì erano rimasti i due quadri raffiguranti Evan, il Sig. Williams se li sarebbe venuti a riprendere quella stessa mattina pertanto il tempo a sua disposizione per cercare di studiarli era poco.

Si mise una tuta, coda di cavallo e via a tutta velocità alla ricerca di un taxi a quell'ora.

Un lato positivo di andare alla galleria a quell'ora c'era: il traffico era presso ché inesistente!

Arrivò in pochissimo tempo, pagò il taxi e si precipitò nella sala.

Era così strano vedere come tutto il lavoro fatto in 4 giorni era già finito ed in fondo alla sala erano rimasti solo i due ritratti privati. Tutti i dipinti erano stati venduti e ritirati.

Si avvicinò all'ultimo quadro: Evan in un prato di margherite.

Era chiaro che era una riproduzione di una sensazione, non se lo immaginava proprio Evan a passeggio in un prato di fiori. Pertanto si spostò direttamente sull'altro dipinto.

Lui che faceva surf. Il suo istinto le diceva che solo quel quadro l'avrebbe potuta in qualche modo aiutare.

Lo guardava e lo riguardava ma non riusciva a trovarci alcun dettaglio che potesse aiutarla.

Ma non riusciva nemmeno a staccarsene: cosa c'era in quel quadro che la tratteneva?

C'era qualcosa che le sfuggiva.

Guardava e riguardava, oltre all'oceano non si vedeva nulla … solo Evan che faceva surf… ed ecco lì il dettaglio che tanto le sfuggiva: sulla gamba destra aveva una voglia esattamente uguale alla sua.

Che coincidenza….

Le ore passarono velocemente e non si rese conto che arrivò ben presto mattina, che la galleria aveva iniziato a riempirsi degli addetti ai lavori che dovevano sgomberare i drappi che lei aveva fatto allestire, le sue colleghe, … sentiva il vociare alle sue spalle ma era completamente assorta da quel quadro.

Ad un tratto captò di avere compagnia.

«Sig.na Taylor, buongiorno. Dal suo outfit devo dedurre che sia venuta qui di buonora.»

La voce le era familiare ma l'unica volta che l'aveva sentita non aveva avuto un tono così morbido, anzi tutt'altro.

«Buongiorno a lei Sig. Williams. Effettivamente ha ragione. C'è qualcosa in questo quadro che mi ha colpito e che però non riesco a spiegarmi. Mi affascina. Mi piacerebbe saperne di più se mi fosse concesso ma ho colto dalla nostra unica conversazione che non gradisce sia argomento di conversazione.»

«Ha colto bene infatti. Mi stupisce però pensare che lei sia qui da stamattina per guardare questo quadro e questo incuriosisce anche me. Sia gentile cosa la tiene qui ferma?»

«Più lo guardo, intendo, più guardo lui e più mi sento a casa. Non glielo so spiegare, sarà perché ho la sensazione di conoscerlo.» Rose fu attenta a non dire troppo, stava camminando su un campo minato con Williams.

«Beh devo dire che mi sbalordisce. Cosa vorrebbe sapere sig.na Taylor? Ne approfitti di questi momenti perché tra poco sarà qui l'impresa dei trasporti per venire a riprendere e portare a casa i quadri.»

«Sarò veloce allora e diretta: come conosce Evan?»

«Non le ho mai detto come si chiamasse la persona oggetto del ritratto. Come fa a conoscerlo? Pensavo che qui non avesse conoscenze.»

Il sig. Williams aveva iniziato ad essere inquieto, la fermezza che aveva avuto fino ad un secondo prima era sparita.

«E' una storia lunga e complicata. La prego mi risponda.»

«Evan è un mio caro amico dai tempi del liceo.»

«Mi scusi, sig. Williams. Ma dove vive?»

«In Florida.»

«Non potrebbe essere un po' meno vago?»

«Miami»

Ecco, un tassello era andato al suo posto.

Certo, andare a cercare una persona a Miami non era così semplice!

Ma perché proprio a lei? Lui dalla Florida sapeva un sacco di cose sulla sua vita, come era possibile e perché? Perché le ha chiesto di cercarlo?

«E sarebbe troppo chiederle anche il cognome?»

«Si, sarebbe troppo ma deduco che se non glielo dico Lei non mi darà pace: Evan Johnson»

«La ringrazio.»

Rose corse via sotto gli occhi increduli del sig. Williams che oramai sembrava molto nervoso. Rose in compenso sapeva cosa doveva fare.

Doveva andare a casa, preparare una valigia con qualche cambio, giusto per qualche giorno, andare all'aeroporto e prendere il primo aereo utile per Miami.

Strada facendo chiamò Patricia chiedendole se poteva sostituirla in galleria e chiedendole la cortesia di avvisare Avery della sua assenza.

«Pronto, Rose? Tutto bene?»

«Ciao Patty, ho bisogno di un favore. Devo assentarmi per qualche giorno, potresti avvisare Avery?»

«Rosy, che succede? Stai bene? Hai parlato con tua madre?»

«No, no, non centra mia madre. E' una storia lunga e complicata Patty. Fidati di me. Puoi farmi questo favore?»

«Certo Rosy, non so come la prenderà Avery ma tranquilla ci penso io. Chiamami appena puoi.»

Patricia rimase allibita da tale comportamento, non era proprio da Rose, maniaca del controllo.

Rose arrivò a casa, diede da mangiare ai pesci abbastanza perché potessero rimanere a digiuno per una settimana, annaffiò le piante, prese il trolley e preparò alla velocità della luce qualche cambio.

Appena mise piede fuori casa, fischiò con quanta energia avesse in corpo e prese un taxi.

All'aeroporto ebbe una grande fortuna.

Quando si recò allo sportello per acquistare il biglietto, nel momento in cui diede i suoi documenti si ritrovò a scoprire che un posto in prima classe per lei era appena stato prenotato e pagato.

«Ma come è possibile? Ne è certa? Io sono appena arrivata.»

«Certo sig.na Taylor. La prenotazione è per lei. Prego si accomodi.»

Le cose cominciavano a stranirsi sempre di più. Non aveva detto a nessuno dove stava andando e tanto meno che se ne stava andando.

6.

A tal punto tanto valeva godersi il viaggio.
Certo in tuta in prima classe verso Miami, non era il massimo.
E non era l'unica a pensarlo, dal suo posto aveva notato che un altro viaggiatore, seduto un po' più avanti ogni tanto si girava ed aveva sempre un sorriso da scherno sulla faccia.
Quel tizio aveva un non so che di strano agli occhi di Rose ma decise di ignorarlo.
A metà viaggio Rose si alzò per andare al bagno e nel momento in cui passò di fianco al ragazzo simpaticone quest'ultimo le fece una pessima battutina: «Ciao miss texas.»
«Mi scusi, ci conosciamo? Non mi sembra!»
«Oh devo dire allora miss texas che hai la memoria corta. Come è andata con il tuo capo? Ha scoperto che sei andata nel suo ufficio a rovistargli i suoi documenti?»
Oh santo cielo e questo chi era? Cosa voleva da lei?
Mentre lo osservava non poteva non notare che era un ragazzo giovane, sulla trentina o poco più , capelli biondi ed occhi verdi, atteggiamento da classico spaccone, di chi si crede chissà chi.
«Facendo mente locale credo che tu sia quel maleducato del Jake's che mi ha schernito per tutta la sera, volutamente direi.»
«Oh vedo che fai progressi. Si sono io comunque. Allora qual buon vento ti porta qui?»
«Non vedo come questi possano essere affari suoi.»
«Come non sono affari suoi far domande su Evan.»
A quel nome Rose sobbalzò, si fermò e si girò a guardare il tizio.
Faceva il finto disinteressato ma ne sapeva più di lei...
«Certo sig?»
«Williams»

REGINATO LUANA

Ma che stranezza, un altro sig. Williams. Ormai ne era circondata ….

«Williams il pittore?»

«Si sono io.»

Ma se era lui il vero Williams chi era il tizio che veniva in galleria e con il quale tutti parlavano?

«Per caso ha fatto una mostra in questi giorni? Seguo il suo lavoro e la stimo molto» … a questo punto poteva anche aggiungere tra i segni particolari *bugiarda*

«Si, ho fatto una mostra alla Dom Gallery, che tu hai seguito in modo eccellente, oserei dire.»

Rose sapeva a che gioco stava giocando e di sicuro si sarebbe bruciata se avesse continuato così.

Rose concluse lì il discorso e tornò a sedersi al suo posto.

Poco dopo arrivò a Miami.

Una volta atterrati ognuno dei passeggeri prese la propria strada, ma per il sig. Williams darle fastidio era diventata una missione.

«Sig.na ???»

«Taylor»

«Ah bene. Sig.na Taylor, seriamente, come mai da queste parti? E non mi dica da conoscenti.»

«Sto cercando un mio amico. E lei?»

«Io ci vivo. Sono stato a New York solo per la mostra e per divertirmi un po' ma il divertimento non è più lo stesso senza Evan. Senti Rose non sono nato ieri e comincio a vivere domani, so che sei qui perché vuoi trovare Evan ti posso assicurare che non lo troverai.»

«Questo lo dici tu.»

«Te lo dico perché è morto!»

A questa affermazione Rose si sentì mancare le gambe. Morto? Come morto? Voleva dire che lei in questi giorni aveva parlato con un ragazzo morto?

«Rose, siediti un momento.» Ad un tratto l'atteggiamento arrogante lasciò spazio ad un modo di fare educato e premuroso.

Chiamò l'hostess e si fece portare dell'acqua fresca.

«Morto... come morto???»

«Si, Rose, Evan è venuto a mancare un paio d'anni fa.»

«E come?»

«A seguito di un incidente mentre faceva surf.

A questo punto se vuoi ti farò da guida e ti accompagnerò nella casa dove viveva e ti farò conoscere i genitori se è questo quello che cerchi.»

«Si grazie. Mi tolga però una curiosità: se lei è il sig. Williams chi era la persona con la quale ho parlato in galleria stamattina?»

«Era il mio maggiordomo. Come non amo che la gente mi telefoni, non amo nemmeno parlarci assieme, specie se è per darmi fastidio con un sacco di domande sul come mai uso quella tempera o quel pennello o quel tipo di luce .... Mi sono stancato.»

Ora Rose si spiegava l'atteggiamento stranito che il finto sig. Williams aveva avuto quella stessa mattina. Lei si stava spingendo oltre ed il maggiordomo non sapeva come altro districarsi.

7

Una volta usciti dall'aeroporto il sig. Williams, abituato ad avere tutto e subito, aveva già un autista che lo stava aspettando con una limousine.

Ovviamente la prepotenza degli ultimi giorni lasciò spazio all'educazione ed ai bei modi.

«Rose, vieni con me. Non vorrai metterti in fila ed attendere un taxi? Ci impiegherai tutto il giorno e se le mie fonti sono vere, non hai intenzione di rimanere qui tantissimo.»

«Si, vero. Ti ringrazio.» A questo punto tanto valeva dargli del tu, in fin dei conti si era preso gioco di lei finora.

«Dimmi, come mai sei così curiosa nei confronti di Evan?»

«E' una storia lunga che sinceramente non ho voglia di condividere ora nè tantomeno con te. Finora non mi hai minimamente aiutata in nulla. Sono letteralmente impazzita per organizzarti la mostra di sabato sera e se mi avessi dato retta avrei fatto il tutto meglio ed in meno tempo.»

«Rose non essere così suscettibile, ti prego.»

Parlando e stuzzicandosi, arrivarono davanti ad una casa colonica con le palme che la circondavano, una casa da film quasi.

Appena suonarono arrivò alla porta una signora sulla sessantina, di bell'aspetto, magra e con i capelli scuri raccolti in un elegante chignon.

Rimase a bocca aperta non appena la vide, salutò cordialmente il sig. Williams «Ciao Christopher.» In quel momento si rese conto che non si era nemmeno interessata di sapere il nome del sig. Williams tanto erano rimasti impegnati a punzecchiarsi per tutto il viaggio come due ragazzini.

«Sig.ra Johnson, mi scuso per il poco preavviso ma» non ebbe il tempo per terminare la frase, la sig.ra Johnson abbracciò Rose, un abbraccio sentito, un abbraccio da madre.

«Buongiorno cara, sapevo che un giorno saresti arrivata fin qui.»

«Scusate ma temo di non seguirvi. Come fa sig.ra Johnson a conoscermi? Io ho saputo di voi solamente oggi.»

«Mia cara, io ti ho conosciuta quando eri piccola invece, ma non ci è stato dato l'agio di poterti conoscere meglio e vederti più spesso».

«Cosa sta dicendo? Io non sono mai stata in Florida e non ho il vago ricordo di lei. E cosa centra con Evan?»

«Ma allora non sai nulla?»

«Sig.ra Johnson, credo sia meglio andare per gradi» disse Christopher.

«Allora mia cara credo sia meglio che vi accomodiate e che accettiate di stare a cena con me e mio marito, avremo modo di parlare di tutto.»

Le cose si stavano complicando ulteriormente:

il sig. Williams che non era il Williams che lei pensava, Evan che compare nei sogni e che scopre essere un ragazzo morto due anni prima, sua madre che si arrabbia con lei inspiegabilmente e non le vuole parlare, e la madre di Evan che invece sostiene di averla conosciuta da piccola.

Era una trama degna di un film giallo!

Rose finchè aspettò la madre di Evan che era andata in giardino a chiamare il marito, cominciò a bere un po' di acqua e menta, camminava avanti ed indietro per stemperare la tensione. Non riusciva a capirci più nulla di tutta questa storia.

«A che pensi?» le chiese Christopher.

«Non riesco a pensare a nulla, sono molto confusa e sinceramente la persona che mi destabilizza al momento sei tu.»

«Io? Bè allora iniziamo con il chiamami Cristopher.»

«Ok, Cristopher. Mi spieghi perché hai mandato il tuo maggiordomo a fare la tua parte?»

«Perché non voglio che nessuno mi conosca. Mi tengo nella mia safehouse. Non ho bisogno che la gente sappia chi sono, devono valutare i miei quadri, non me come persona.»

«Ok, ha un senso. Ma al telefono ho parlato con te?»

«No, con Bruce, il mio maggiordomo che ti dirò, hai colto alla sprovvista e per questo motivo alla fine ti ha persino buttato giù il telefono.»

Piano piano i pezzi del puzzle stavano iniziando a mettersi al loro posto. Ma ora arrivava la parte più forte.

8

La sig.ra Johnson rientrò seguita dal marito, che aveva un viso triste ma speranzoso.

«Rose, lui è mio marito, Luis.»

«Piacere sig. Johnson.»

«Piacere mia cara.»

«Sig.ra Johnson»

«Chiamami Clara.»

«Ok Clara, potrebbe spiegarmi quando ci siamo conosciute?»

«Certamente, è meglio se ti accomodi.»

Presero tutti posto nel salone e Clara iniziò a spiegare quanto accaduto a Rose.

«Io e mio marito eravamo oramai spostati da qualche anno ma non potevamo avere figli.

Abbiamo avuto in affido un bimbo per qualche mese ma poi è stato adottato da una famiglia e per quanto ci piacesse poter dare un tetto anche se momentaneo a dei ragazzi meno fortunati, questo non faceva per noi perché ogni volta era come dire addio ad un figlio.

Così un giorno, quando il tribunale ci diede in affido l'ennesimo bimbo, era un neonato di qualche giorno, non ci pensammo molto a lungo e mandammo avanti subito la richiesta di adozione definitiva. Non potevamo pensare di separarci per l'ennesima volta da un altro bimbo.

Fortuna volle che il tribunale accolse la domanda e la pratica di adozione divenne definitiva.

Il piccolo in questione era Evan.

Evan era un ragazzino acuto, sveglio ed intelligente. Un ragazzo solare.

Ovviamente la paura che crescendo potesse venire a sapere che non eravamo i suoi genitori biologici aumentava ogni giorno di più così quando Evan aveva all'incirca 14 anni gliel'abbiamo detto direttamente noi. Eravamo preoccupati della sua reazione, avevamo paura di perderlo, di rovinare quel legame indissolubile che c'era fino a quel momento ed invece tutta la preoccupazione si era rivelata assolutamente inutile. Evan capì perfettamente e con nostra sorpresa ci disse che non avrebbe potuto volere nulla di diverso. Aveva però un solo desiderio: conoscere i suoi genitori biologici.

Non avremmo mai potuto negargli tale diritto, glielo dovevamo. Ci informammo quindi con gli avvocati sull'identità della madre e del padre, a noi fino a quel giorno sconosciuti.

Il padre risultava sconosciuto mentre la madre, beh, ovviamente di lei sapevamo il nome.

Con l'aiuto di un investigatore la trovammo e fu così che conoscemmo te.»

Rose era talmente rapita dalla storia che non si era nemmeno accorta che Clara si era fermata. Stava cercando di raccogliere tutte le informazioni …. In quel momento avevano conosciuto lei e di colpo le tornò alla mente il ritratto di Evan: la voglia esattamente uguale alla sua.

«Clara, sta dicendo, che la madre di Evan è mia madre?»

«Si, cara. La madre di Evan si chiama Bianca. Tutti e tre eravamo venuti a casa vostra per far incontrare ad Evan sua, vostra madre. Purtroppo non era stato possibile in tal frangente. Ricordo che tu stavi giocando fuori con l'altalena, in quel momento ti ho conosciuta perché tu bimba adorabile di appena 5 anni sei corsa verso noi con una margherita in mano e gliela donasti ad Evan. Tua madre non volle parlare con lui, non volle parlare con noi, ci disse che era stato un errore enorme esserci presentanti li, che lei oramai aveva una vita e che in questa Evan non poteva farne parte.»

Rose non poteva credere alle sue orecchie.

Sua madre, la madre che la tampinava di telefonate quotidiane, la madre super apprensiva, aveva abbandonato un figlio avuto con chissà chi e non l'aveva accettato nemmeno quando lui l'aveva cercata.

Questo era un incubo, decisamente un incubo.

«Evan la prese male ovviamente, non pensava di ricevere il secondo rifiuto da parte di sua madre. La giustificava per l'averlo abbandonato dicendo che forse era troppo giovane quando era capitato, ma dopo? Non c'erano scuse per il dopo. Noi cercammo di andare avanti con le nostre vite, cercammo di far star bene Evan. Inaspettatamente però dopo qualche mese ricevetti una lettera di tua madre che mi chiedeva di tenere il segreto con Evan, non voleva interferire più di quanto avesse fatto, ma voleva essere informata su come stava suo figlio, su cosa gli piaceva, … sulla sua vita. Da quel momento io costantemente ho inviato a tua madre lettere con foto di Evan, mano a mano che lui cresceva, nella speranza che un giorno questo muro potesse essere buttato giù e perché no, creare una famiglia allargata.

Il tempo però non è stato dalla nostra parte.

Come Cristopher ti avrà forse accennato, Evan due anni fa ebbe un incidente facendo surf e purtroppo non c'è stato nulla da fare per lui. Per noi è stata ed è tuttora una perdita che non riusciamo a superare. Non dovrebbero i genitori sopravvivere ai propri figli, è contro natura.»

Clara si fermò per ricomporsi, le lacrime stavano scendendo incontrollabilmente.

Aveva perso suo figlio, una perdita che nessuno poteva comprendere.

Rose a questo punto capì le affermazioni della madre alla sera della mostra:

Lei conosceva Evan, anche se in foto, lo conosceva, sapeva che il ritratto era di suo figlio! E pensava che lei l'avesse scoperto e gliel'avesse sbattuto in faccia davanti al mondo intero!

Ma come poteva aver pensato ad una cosa del genere?!

«Clara, mi scusi, ma mia madre è a conoscenza che Evan non c'è più?»

«Si, cara, lo sa.»

Ecco spiegato anche l'attacco di panico, crisi di respirazione che Bianca aveva avuto sabato sera.

Rose era sommersa di domande, chissà se suo padre sapeva, chissà se sua madre gliel'ha detto sabato, chissà se gliel'avrebbe mai detto in vita sua?

Tutto il rapporto con lei era basato sulla menzogna. Non le aveva mai detto di aver avuto un altro figlio prima di lei, non le aveva mai raccontato nulla della sua vita prima di suo padre.

E sabato ha avuto il coraggio di addossare la colpa a Rose????!!!!

«Rose, cara, gradisci qualcosa di fresco? Ti vedo accaldata?»

«Come scusi?»

«Sei scossa vero?»

«Si Clara. Tutto avrei immaginato, ma non scoprire di avere un fratello e scoprirlo quando lui non c'è più.»

«Lo so è brutale.»

«Ma lui sapeva di me?»

«Si cara, Evan sapeva di te perché ti vide quel giorno a casa tua, sapeva di avere una sorella. Gli trasmettesti tanta dolcezza. Ti aveva spesso nei suoi pensieri. Certo da ragazzo si chiedeva perché a lui non era concesso stare con vostra madre come invece facevi tu ma poi crescendo lasciò che la compassione avesse la meglio sulla gelosia. A suo modo ti voleva bene. Ti pensava.»

Le ore passarono in un battibaleno, quella chiacchierata fece capire a Rose tutto quello che doveva capire, mettere in discussione tutta la sua vita e allo stesso tempo rimetterla in ordine.

Quando Rose e Christopher salutarono i Johnson lei sentì la necessità di chiedere un favore a quest'ultimo:

«Christopher, scusami, so che è stata una giornata lunga e pesante ma dovrei chiederti un ultimo favore: potresti accompagnarmi in cimitero da Evan?»

«Certo che ti accompagno, anche se mi fa sempre un certo che andarlo a trovare sapendo che lui non c'è.»

«Cosa intendi scusa?»

«Dal giorno dell'incidente i sub hanno fatto diverse perlustrazioni ma il suo corpo non è mai stato ritrovato. E' stato fatto comunque il funerale e la tomba ma di fatto con una cassa vuota. Sai per Johnson era importante, è un modo per andare avanti anche se non si danno pace comunque nel sapere che il corpo del proprio figlio sia chissà dove.»

Rose rimase sempre più basita ad ogni scoperta che faceva.

Andarono al cimitero e poté constatare che la tomba di Evan era pulita, con fiori freschi. Di sicuro Clara ci andava tutti i giorni.

Nel vedere Rose sconvolta da tutte queste notizie ed informazioni Christopher la invitò a stare da lui. Aveva una villa immensa con parecchie stanze per gli ospiti, di sicuro aver un po' di compagnia le avrebbe fatto bene.

«Ed eccoci, casa dolce casa.»

Erano arrivati in un quartiere decisamente "in", molto tranquillo, con una cancellata gigante che ispirava molta sicurezza, una casa magnifica al solo vederla dall'esterno, chissà com'era dentro!

Ad aprirle la porta arrivò Bruce, il maggiordomo!

Ci fu un momento di imbarazzo reciproco che ovviamente Christopher stemperò subito.

«Rose, credo tu conosca già Bruce. Bruce tranquillo ho già spiegato alla Sig.na Taylor il nostro gioco di scambio persona.»

«Sig.na Taylor spero lei possa accettare le mie scuse.» lo disse con il solito tono freddo e brusco con il quale le aveva sempre parlato in quei giorni. Dimostrò che era proprio il suo modo di essere.

«Certamente Bruce, Christopher mi ha spiegato tutto. Per favore, mi chiami Rose.»

«Va bene, Sig.na Taylor.» Anche volendo non ci riusciva.

La serata continuò con una cena del tutto informale, erano tornati improvvisamente e la cuoca non aveva pertanto avuto modo di preparare un menù molto sofisticato.

A Rose comunque tutto piacque, dalla sua stanza, all'atmosfera rilassante, alla gentilezza che scoprì avere il suo ospite.

Christopher le raccontò qualche aneddoto su Evan dei tempi del liceo, quando erano entrambi nella squadra di football, quando si sfidarono al ballo di fine anno per diventare il re dell'anno,...

Ai suoi racconti Rose riusciva ad immaginarsi il fratello, era così incredibile pensare di avere un fratello. Fino a quella mattina era figlia unica!

Rose si ritrovò quasi dispiaciuta nel dover augurare la buona notte a Christopher, iniziava ad apprezzare la sua compagnia.

54

9

Il mattino seguente quando si svegliò trovo Christopher ad attenderla a bordo piscina per fare colazione assieme.

«Buongiorno Rose, dormito bene?»

«Si, grazie e grazie ancora per l'ospitalità.»

«Ma di nulla figurati, non avrei mai potuto dire di no alla sorella di Evan.»

«Ah solo per cameratismo, quindi. Se non fossi stata sua sorella?»

«Sei sua sorella, punto e basta.»

Questa risposta la lasciò un po' con l'amaro in bocca, un amaro che non capiva nemmeno lei perché ce l'avesse ma scelse di non focalizzarsi su questo.

Fecero colazione assieme come due vecchi amici per poi prendere il bagaglio ed avviarsi all'aeroporto.

Passò a salutare i coniugi Johnson, promettendo loro di passare a salutarli non appena il lavoro gliel'avrebbe permesso.

Una volta arrivati all'aeroporto, Christopher l'accompagnò al gate, ovviamente al check in aveva già pensato lui.

«Cristopher, come facevi a sapere che io ero alla Dom Gallery?»

«Ahhh sai bene quanto è convincente Evan!»

E con questa risposta Christopher la salutò con un abbraccio che la lasciò a bocca aperta, era forte, vigoroso, le trasmetteva una sensazione di sicurezza e protezione. Rose si ritrovò a contraccambiare l'abbraccio, facendo quasi fatica a staccarsi e dandogli un bacio sulla guancia prima di separarsi per l'imbarco.

Era strano come lui in questo momento fosse la persona più vicina a lei.

Prese l'aereo: direzione Texas.

Incredibile come 24 ore prima la sua vita era completamente diversa.

Non appena chiamò, Tommy si precipitò all'aeroporto a prenderla.

«Rosy, bentornata!»

«Ciao Tommy, non so se sia una buona idea essere qui ma sto agendo di puro istinto.»

«Potresti dirmi che succede? Al telefono eri scossa.»

«A breve lo scoprirai. Mi accompagneresti dai miei per favore?»

«Certo.»

Appena varcarono in vialetto di casa, sua madre uscì nel portico seguita dal padre.

Quest'ultimo era felice di vedere sua figlia, un po' di serenità per lui dopo qualche giorno di tormenti ma capì immediatamente che forse non era lì solo per una visita. Non aveva mai visto lo sguardo di Rose come quel giorno, un misto tra rabbia e delusione.

«Ciao tesoro, come stai?» disse Bianca, cercando di far finta di nulla e cercando di far cancellare quanto accaduto sabato, in fin dei conti non sapeva che la figlia aveva scoperto la sua dipartita della sera stessa.

«Ahh non mi dire *ciao tesoro come stai*! Dopo tutto quello che è successo sabato, domenica ho provato a chiamarti e non mi hai nemmeno risposto, hai il coraggio di fare la finta tonta?»

«Bianca, avevi detto che Rose non ti aveva più chiamata!» intervenne il padre

Bianca non ebbe il coraggio di guardare il marito negli occhi, aveva mentito. Aveva mentito per una vita intera a tutti.

«Come???? Che bugiarda, ma d'altronde cosa posso aspettarmi da una come te!»

«Io? E tu? Mettere in bella mostra la tua vita in una mostra?»

«Ah bel coraggio quello di provare a dare la colpa a me. Ma tu lo sai che io sabato non avevo la benché minima idea di chi fosse il ragazzo del ritratto??? Lo saiiii???»

Ormai i toni si erano alzati, Rose stava ormai urlando, cosa mai accaduta prima, era sempre stata di buon temperamento.

Il padre aveva capito che il teatrino poteva anche finire oramai, Rose sapeva tutto. Tommy invece, non ci capiva proprio nulla.

«Ma non mi dire, non farmi credere che non lo sapevi. In tutta New York fanno una mostra e guarda un po' il ritratto di Evan è proprio sulla tua mostra???»

«Ma si può sapere chi è Evan?» chiese Tommy.

«Ah Tommy, questo non se lo aspetta nessuno. Te lo spiego subito chi è Evan o preferisci dirglielo tu mamma?»

Bianca capì che la figlia non stava mentendo, che veramente sabato ne era all'oscuro e si lasciò cadere sul dondolo, affranta per come stavano andando le cose. La verità che aveva tanto cercato di tenere nascosta stava per uscire allo scoperto con la potenza di una miccia che esplode.

«Tommy, non so come dirtelo e non so se troverò le parole più consone. Per farla breve, mamma prima di papà aveva un altro uomo dal quale ebbe un figlio, Evan. L'ha abbandonato e si è rifatta una vita mentre Evan fortunatamente è stato adottato da una brava famiglia in Florida.

La cosa peggiore oltre a quanto detto finora è che quando io ero piccola, Evan con i suoi genitori adottivi sono venuti qui perché lui voleva conoscere mamma ma lei si rifiutò.

Ma i sensi di colpa ed i rimorsi hanno fatto in modo che mamma si tenesse comunque informata tramite la madre adottiva sullo stato di salute di Evan.»

«Santo Cielo Bianca, dimmi che non è vero. Sabato mi avevi solamente detto che avevi avuto un figlio ma non che avevi rifiutato ogni tipo di contatto con lui.» intervenne Robert, interdetto che la moglie continuasse a omettere dettagli su Evan, oramai la verità era venuta a galla tanto valeva dirla tutta.

Tommy invece, non sapeva che pesci pigliare, non sapeva da che parte guardare, si sentiva completamente fuori luogo, imbarazzato e in un certo senso di troppo.

Bianca non era in grado di aprire bocca, non sapeva che dire, lo sguardo fisso sulle travi di legno del pavimento.

«Rose, dimmi, questo Evan sa di te? Vi siete visti? Come sei venuta a conoscenza di tutta questa storia?»

«Tommy, Evan è morto due anni fa ed io sono venuta a conoscenza solo ieri di tutta questa storia.»

Bianca era in lacrime, un pianto liberatorio, carico di disprezzo per sé stessa, di sensi di colpa.

Il padre non poteva credere che la donna che aveva avuto al suo fianco per una vita intera l'avesse preso in giro per tutto quel tempo.

«Bianca, come hai potuto? Perché non me l'hai mai detto?» Era la domanda che Robert le poneva da sabato sera quando dopo il suo rientro all'hotel aveva solamente scoperto dell'esistenza di un figlio precedente al loro matrimonio, era stato motivo di litigio e per questo motivo Bianca aveva anticipato il rientro in Texas, nella speranza che la lontananza calmasse gli animi.

Non sapeva cosa rispondergli.

Il vaso si era rotto, la favoletta della bella famiglia spezzato.

Tommy era del tutto senza parole, non sapeva cosa dire, cosa pensare. Per lui la famiglia di Rose era una sua seconda famiglia.

Tutto avrebbe potuto immaginare ma non questo.

Ritrovato un po' di coraggio, Bianca cercò di parlare con la figlia: «Rosy, non potevo lasciare che si mettesse in mezzo. Ormai mi ero ricreata una famiglia.»

«Tu mi hai privata di vivermi mio fratello, tu ti sei privata di viverti tuo figlio. Non riesco nemmeno a guardarti in faccia, non riesco nemmeno a parlarti più oramai, non so più chi tu sia.»
Detto questo Rose si voltò verso Tommy in cerca del suo sguardo, lui la capiva al volo ed assieme se ne andarono.
«Rosy, vuoi stare da noi stanotte?»
«Tommy, ti chiedo scusa, ma devo rientrare a New York. Ho bisogno di allontanarmi da tutto questo, o meglio allontanarmi da lei. Mi spiace per papà.»
Tornò all'aeroporto, direzione New York.

10.

Era ormai notte quando tornò nel suo appartamento.

I pesci erano sopravvissuti, le piantine un po' meno ma con un po' d'acqua si sarebbero riprese alla grande, almeno loro perché Rose invece si sentiva come se un treno l'avesse investita. Travolta dai sentimenti, quasi svuotata.

Si sdraiò a letto oramai sfinita dalla lunga giornata avuta e dalle emozioni intense provate.

La sua vita era completamente cambiata ora.

Cosa avrebbe fatto domani?

Con questa domanda in testa crollò nel sonno più profondo.

«Ehy suddista, ho visto che oggi hai avuto una giornata bella tosta!»

«Evan!» Gli corse incontro e lo abbracciò con tutta la forza che aveva, non lo voleva lasciare, non sapeva se quella sarebbe stata l'ultima volta che l'avrebbe visto.

«Allora, come stai?»

«Sto, non riesco a capacitarmi di quello che mamma ti ha fatto. Ha privato a te di viverla ed ha privato a me di viverti. Ora che so la realtà ho paura. Ho paura perché ora ti ho conosciuto, in questo mondo parallelo, un mondo che solo ora so non potrà mai congiungersi e temo di non sapere come gestire la tua assenza.»

«Lo so, io ho smesso di essere arrabbiato con lei. Non esserlo anche tu. Io per te, anche se in questa dimensione parallela ci sarò sempre. Non devi temere, mi vedrai tutte le volte che vorrai. Ti ho sempre seguito nella tua adolescenza, ti ho sempre seguita nel tuo voler diventare qualcuno, ti ho sempre seguita da quando sono nel mio mondo parallelo.»

«Dici sul serio oppure stai cercando di consolarmi?»

REGINATO LUANA

«Dico sul serio Rosy. »

«Oh Evan, devo dirti una cosa: ho conosciuto i tuoi. Sono persone assolutamente fantastiche. Mi è dispiaciuto molto per loro, oltre che per te ovviamente. Dici che mi seguivi sempre? Ma come facevi a sapere dove trovarmi?»

«Rosy, da quassù tutto si può!"

«E sei stato tu a mandare Cristopher immagino»

«E che amico sarebbe se non mi aiutasse!»

«Ti voglio bene fratello mio. Non mi lasciare, ti prego.»

«Anch'io te ne voglio, te ne ho sempre voluto fin da quel giorno che mi hai dato la margherita, con quei capelli raccolti in treccine orribili! Ora però cerca di riposare, hai avuto anche troppe emozioni per oggi.»

«Ok, grazie Evan.»

11

Suonò il campanello.

Chi potrebbe mai essere? Non lo sa praticamente nessuno che Rose è tornata in Texas, Denton.

E' affaccendata a sistemare le ultime cose nella sua nuova casa, un cottage immerso nei prati con un ranch annesso. E' tornata alla sua vita originaria, lontana da mostre, da tram, da taxi, dai tacchi a spillo, … ora si sente finalmente libera, in jeans e camicetta a quadri, cappello da cowboy e musica country in sottofondo.

Si sta ricreando la sua vita, la sua serenità dopo tanto trambusto, ripartendo dal luogo che sente proprio suo.

Dopo gli ultimi accadimenti Rose aveva bisogno di tornare alle origini per ritrovare se stessa ed i suoi equilibri, ed il miglior posto per lei era il Texas.

Si era licenziata dalla Dom Gallery con dispiacere di Avery che comunque aveva apprezzato il lavoro da lei svolto e la tristezza di Patricia che le aveva promesso di andare a trovarla appena possibile, facendosi promettere da Rose che le avrebbe presentato Tommy.

Non aveva voluto tornare a Forth Worth per ovvie ragioni, ma comunque era rimasta nelle vicinanze per vedere suo padre più spesso visto che la madre aveva deciso di andare a vivere dalla sorella e chiedere la separazione dal marito.

Robert non era riuscito a superare la vicenda di Evan e Bianca non riusciva più a rimanere in città dopo l'accaduto che ovviamente piano piano si era iniziato a vociferare.

Appena Rose aprì la porta trovò un corriere che doveva consegnarle un pacco.

Non c'era nessun biglietto che lo accompagnava … che strano.

Lo aprì: era il ritratto di Evan.

Ne rimase felice, era ciò di cui aveva bisogno in questo momento. Sentire il fratello al suo fianco.

Lo sistemò in salone sopra al caminetto, sarebbe sempre stato con lei in ogni momento.

Suonò di nuovo il campanello, ma questa volta quando aprì non era il corriere a portarle un pacco ma direttamente il mittente: Cristopher.

Da quando era rientrata a New York lui era l'unico che costantemente si teneva informato su come stesse. Era come se l'essere stato il migliore amico di suo fratello volesse significare proteggere la sua sorellina.

Rose con il tempo capì che il suo essere distante e scorbutico era una corazza, per far in modo che nessuno potesse fargli del male, era quasi un tenerone sotto certi aspetti e pure divertente, questo spiega come potesse essere amico di Evan.

«Ciao Chris! Che bella sorpresa. Grazie per il quadro, lo apprezzo molto e so a quanto ci eri affezionato.»

«Si effettivamente ci ho messo un po' a decidere di portartelo ma il suo posto è qui con te.

Sai? Manchi alla grande mela!»

«Ah ma davvero? Manco alla grande mela o manco ad un artista scorbutico?»

«A tutti e due devo dire.»

Salendo i gradini del portico, si avvicinò a lei e la baciò dolcemente attirandola tra le sue braccia.

Rose sorrise, un sorriso caldo di emozioni e di felicità fino a quando suonarono nuovamente alla porta.

Assieme a Christopher andò ad aprire alla porta dove trovò solamente un biglietto per terra con scritto: "TROVATEMI"

Christopher riconobbe immediatamente la scrittura.
"Rose, l'ha scritta Evan."

64